小林功詩集

月山の風

コールサック社

小林功詩集　月山の風

目次

Ⅰ 春の息吹

生命の言葉 12
春の光 14
ひばり 16
草 17
春の調べ 18
鳥海山 20
径 22
さくら 23
夕映えの雲 24
春の翼 26
朝の歌 27
最上川 28
大欅 30
大空へ 32
梢 34

この道　36
五月の一刻　38
花の永遠　40
萌えるみどり　41
はるか　42
育ついのち　44
光る海　46

Ⅱ　夏の炎天

白い船　50
六月の空　51
鷗と波濤　52
欅の年輪　54
欅の径の少年　56

門扉 58
梅雨の海 60
光への旅 62
漁火 64
夏野 66
歳月 68
朝の道 70
樹 72

Ⅲ　秋の光

虹 74
光る平野 76
瀬音 77
雲 78

河口にて 80
風鳴り 82
月光 84
ゴーヤの記憶 87
悠然と 88
無想 89
秋の雲 90
山波 92
落葉 94
流星 96
暦 97
白き山 98
夕陽 100
晩秋の海 102
光る坂 103

Ⅳ　冬の紋章

月山の風　106
北の海　114
冬の海　118
無音　120
小雪　122
オカリナ　124
雪の音　126
雪の記憶　128
十二月の風　130
白鳥　131
寒凧　132
蒼々と　133
しんしんと　134
大河　136
吹雪　138

厳冬の満月 140
山居倉庫にて 142
黒川能 144
季節の吐息 146
風 148
冬の記憶 150
白の彩り 151
北の海　２ 152
冬の海　２ 155

随想

丹前　――父の形見　160
ふるさとの山　――鳥海山　163
人間への限りない愛　――今井繁三郎画伯の訓え　165
山居倉庫　――先人たちの知恵の結晶　167
センドウ　――旧正月のころ　171

解説　万里小路　譲　174
あとがき　188
著者略歴　191

小林　功　詩集　月山の風

Ⅰ　春の息吹

生命の言葉

冬から春へ
自然が眼を覚まし
身体にささやくように
染みこんでくる

生命の言葉だ

春の歓びが総和となって
響いてくる
無言の言葉が

身体を満たす

春の光

この光の旋律
この輝きのいろ
ああ　春だ
私を映し出す春だ

さあ　光へとすすもう
いのちのかぎりすすもう
心が掌につながり
掌が自分を記す

一歩一歩の
歴史書として
今日も刻む
散歩という旅

土の香り
草の匂い
鳥の囀り
鳥海山　月山

このしずかな朝の
しずかな動き
ぽっかりと雲もまた
光への旅をつづけている

ひばり

春雪のちらつく朝
ひばりがうたう
青空へ吸い込まれたのか
一瞬　姿が消えた

ふたたび雲間から顔を出すと
うたい始めた
雪がちらつく
不思議な朝

草

春
たがいに
少しずつ動いて
命を春へ向けて
語りつづける
草

春の調べ

雲間から広がる
やわらかな青空が
朝の光をつれて
しずかに梢の上にある

小鳥の囀りを聴きながら
誰もいない並木道を歩むと
かすかにきこえてくる
この光の音楽は何だろう

冬の終わりの風と
春の風が混ざり合い
境界のない世界にひたって
いつまでも歩きつづける

鳥海山

あの頂きをめざして
描く　白き山
鳥海山

父なる山
母なる山
心のふるさと

その山に抱かれて
今日もひたすら

描く

径

ふきのとうが星となり
瀬音が水脈となって川を下る
岸の木々の梢が天を指し
雉子が草の堤を走り

鴨は水面を悠々泳ぎ
笛のように声を鳴らし
足元で土筆が顔を出し
春をうたっている

さくら

花が咲き
風が語り
光が躍る

さくら
さくら

地に立てば
空へ翔ぶ
希望と　夢と

夕映えの雲

大きな砲火でもあったかのような
夕映えの空を雲が走る
空と山との間を横一線に
つらなりながら

なんとすさまじいエネルギー
灰色の雲よ
大自然に磨かれ
風になびきながら

きみは自由に燃えながら
どこまで走る？
ぼくに霊感を残し
どこまで走りつづける？

春の翼

雲間から一瞬
煌めく夕陽
弧を描いて海へ向かう鳥の
翼を放射する光

私は見る
春のドラマを
ああ　光は息をしている
鳥といっしょに

朝の歌

心の声を空へ向け
歌をうたおう
朝の一歩は伴奏者
そのリズムで前へすすもう

ひとを愛し　自然を愛し
いのちのかぎり今日を歌おう
平和に向かい今日を讃え
この光の世界を拓きながら

最上川

五月雨のように
降りしきる雨のなか
最上川の中央をピカピカと
赤の信号を光らせて舟が下る

乗っているのは数名

やがて霧のように
雲が山波を走る

墨絵の世界につかり
四月の雨に濡れた
最上川の山峡をみつめる

大欅

地を宿に
根張り逞しく
伸びる百年の欅
今年また万緑

意志あるごとく天を指し
悽愴な物語を泰然と聴きながら
二十一世紀へと生きつづける
このひとつの樹魂

ああ　この
美しい春空の下で
私はまた
季《とき》とともに歩む

大空へ

雲がひかりをつれて
ふくらみ　流れてゆく
ときおり　颪の音
雪溶けの水滴の音

雲がちぎれながら
青空へ駆け込んでいく
やさしい明るさ
軽快なリズム

私はふたたび春を
手にした歓びで
大空に雲といっしょに
飛翔する

梢

まばゆき春の空
ゆけど　ゆけど
旅はつづく

ああ
何処へ
魂を注がむ

おお　この木立
その一本一本の

確かなふくらみ

梢は
ぐんぐんと天空へ
向かっているではないか

この道

命のあるかぎり
新しき道を登る
自分の道は自分で
切り拓くしかない

風に触れ
自然の物語に
すべてを委ねながら
この道をゆく

落葉を踏み
並木を歩く
欅の匂いが風に誘われ
吹きこんでくる

一歩一歩のあゆみ
きょうも　この
大自然につつまれながら
私の人生が始まる

五月の一刻

朝日が水張田に光る
二つの太陽となる鏡
天と地と私が結ばれる
一本の道

この荘重な五月の一刻《ひととき》

田植え前の朝の静寂
足の裏から生命が広がる
あたかも朝日に近づくように

東へと一歩一歩進む

花の永遠

どんな日も咲き
伸びようとする
なんの報いも期待せず
素のままにそこにある

こうして
幾万年も循環し
更新しつづけてきた
花は永遠に美しい

萌えるみどり

梢がふくらみ
新しい春を歌いはじめ
みどりの景色が
匂いと光でいっぱいだ

風そよぐ朝にみどりは
笑いながらぼくに近づく
青い空を雲がゆったりと
何かを目指して流れゆく

はるか

雲をください
川の上をゆっくり
流れていきたい

はるかなものが
憧れにつつまれるとき
光となってぼくがいる

みどり　黄　ピンク

夢のなかで季《とき》が揺れて
山も川も野も

絵に収まり
また広がり
彼方につらなる

育ついのち

土を耕し　種を蒔き
そして　育てる

芽が出て
一日一日のびていく

その成長とともに
自分ものびる

やがて実がなり　収穫し

天恵に感謝し　妻と食す
希望と勇気と歓喜の循環
日々土と親しみ鍬をとる
耕心は無限の歓喜を生み
土とともに今日もいのちを耕す

光る海

この青さはどこで生まれ
どこまでつづいていくのか
潮風の匂い
青い海

こだわりもなく
ひたすら海をのぞみ
釧路へ向かう
大海を独り占めするように

不変の眩しさで不滅のものが
私の身体をめぐり　船と進む
私は今　少年のような輝きのなかで
未知の宙をしずかに動いている

海は光り
海は広く
夢と希望が
ふくらむ

この青い海を見るために
生きてきた
愛と夢が風船となり
空を飛んでいく

あわてるものなど
何もない
ゆっくり　ゆっくり
大海原をゆく

Ⅱ　夏の炎天

白い船

一瞬にして旋回する
波
傷ついた魂を
癒すかのように

白い船が沖合いを
進んでいく
奇蹟を呼ぶかのように
光に向かって

六月の空

半年の締め括りを
青色で染めようと？
なんと味なことを
してくれることか

鷗と波濤

岩を砕く波濤
飛沫をあげ
迫り　返る

失ったものを甦らせ
在るものを無限へと
連行する

一瞬　闇となり
一瞬　光となり

怒濤の叫びを繰り返す

鷗が　その
闇のなかを飛び
光のなかを舞う

欅の年輪

厚い樹皮に
無数の斑点を刻みながら
百年の呼吸を
今も足々と伝える

揺るぎない
根の張り
見えないところで
力を貯えて朽ちることがない

蓄積の見事さ
今日も大地の息を吸いあげて
大欅の道に
蒼々と風が鳴る

欅の径の少年

ひと晩過ぎて　雨が止んだ七月の朝
風もなくひんやりしている欅の径を
土の湿りを確かめながら歩く

振り返ると少年が
バタバタと靴音をたてて近づいてくる
静かな径が急に忙しくなった

緑の葉々が微かに揺れている
その繁みから

小鳥の声が響き合っている

雨のあとの欅の径は真っ直ぐに伸び
少年の過ぎ去った欅の下だけが
不思議に明るくなって光っている

門扉

門扉を開けて
朝一番にひかりの道を歩く
今日もまた微笑みながら
いい仕事ができる

一人二人と人が集まり
それぞれの輝きをもって
今日という人生を
愛し　生きる

朝のひかりが　いつまでも
消えないように　また
そっと門扉を閉める
今日も無事終わったと

梅雨の海

車窓に増えていく雨の水玉
その隙間に呼吸するように
絶え間なく波がうごめく
海は音を忘れたように
幻のように煙っている

浜辺に街灯がポツンと光り
二艘の舟が沖を走る
磯に釣り人が四人
七夕の朝の人々の営みが

寄り添って離れることがない

海と語り合っていると
不意にトンネルに入る
車窓に付着していた水玉が消え
梅雨の海はなめらかに
視界から消えていった

光への旅

旅立ちの日の雨のなかに
ひとつの光があった

雨が徐々にあがると
光がひかりでなくなっていくのがわかった
光いっぱいのひかりは
光のつよさが弱くなる
光は暗さのなかで存在をあらわにする

気候が変化するなかで

北国の夏は光彩を放つ
六月の梅雨の微妙な匂いが漂うなか
光は僕の心のなかで
しっかり輝いている

漁火

梅雨で煙っていた海が早々と暗い
しかしすべてが闇ではなく
ひとつふたつと漁火が見える

一日の行き帰りの海
納めの景色のように
梅雨の夜のやすらぎがあった

忙しく過ぎた今日という日の
背にもたれた小さな疲れを

漁火はやさしく癒やしてくれる

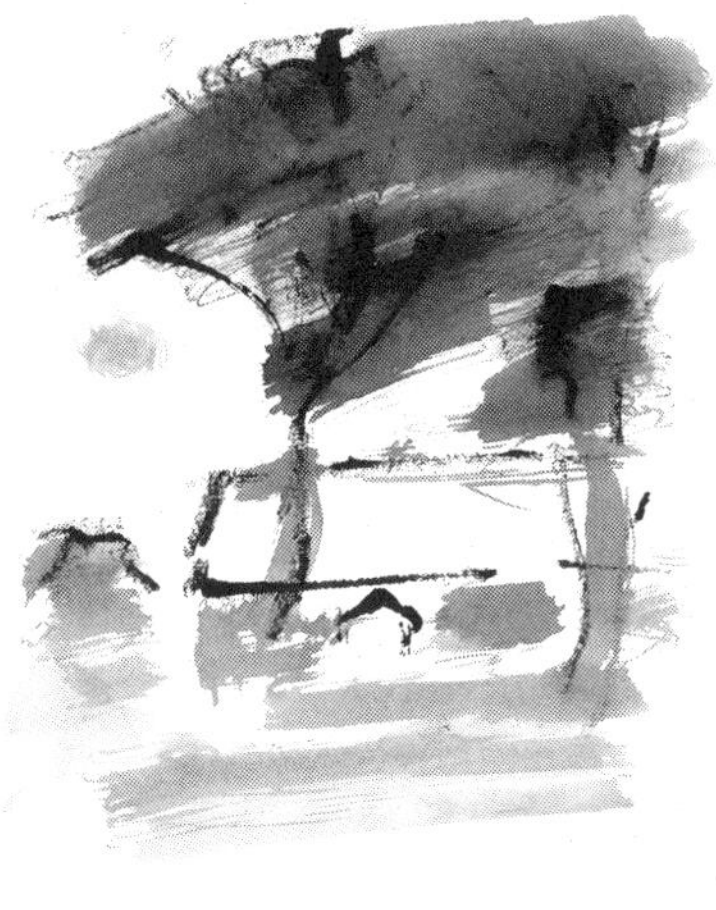

夏野

一夜の雨
青々とした草
白い花　紫の花

茶褐色に染まって
みどりの土手を蛇行し
水嵩の増した川

郭公の声が森から聞こえ
小鳥の囀りが岸辺にあふれ

鴨が南へ飛び立つ

雨があがると
心地よい風が川上から吹き
ふたたび命が躍り始めた

歳月

いつもこの道を歩いてきた
雨の日も　雪の日も
苦渋に満ちた日々を
忘れることなく

この道につづいている歳月は
深く地に染みこんで
表に現れることがない
しかし――

この道の
大欅の根の張りを見ていると
年輪が見えてくる
支えるものの美しさ

朝の道

無限の歓びに満ちあふれる
はじきかえるいのち
自然のひびき
鳥たちの喜びの歌

今日も生きている
すべてが生き生きと生き
私も生かされ
朝の道をすすむ

どんよりした梅雨空のなか
雀の声が弾み　靴音がひびく
村はずれに出ると
水音が心地よい

縁石に白い花が咲いて
田圃から青の匂い
染みこんでくる空気
帽子に雨音がひびく

歩くことはいのち
生きることは芸術
愛と美は
呼吸とともに育つ

樹

堂々と張り込んだ大欅の根元から
五メートルほどのところに
大きなコブが一つある
そこから三本の枝が左右に広がり
いくつもの小枝となって
四方へちらばり
さらに梢がいっぱいの大気を含んで
あたかも人生のように
どこまでも広がっていく

Ⅲ　秋の光

虹

ビロードのすすきの
向こうに虹がたった
七色を確かめていると
色は雲のすべてとなった

虹が消えても
あの美しさは無限だ
未来へつづく
輝きの日

どんどん雲が出ても
ぼくの虹は
大空の彼方に
立っている

光る平野

光る平野を見て思う
もう一度生き返ろうと
出羽丘陵の一角に立ち
雲が走るように

風が吹きぬけるように
もう一度生き返ろうと
なんのためらいもなく
光る平野を見てそう思う

瀬音

朱い橋の下で渦を巻き
岩の間を走りつづける
白い波

あたかも人生の混沌を
打ち消すように

雲

雲が永遠とは思わないが

時を刻む歴史のように
恋の幻影のように
未来につづく希みのように

形を変え　色を変え
いのちの変容のなかで
ときに輝き　ときに沈み

子どものように
大人のように
素直で純朴で純粋
雲は私自身の姿だ

河口にて

はるか港の辺り
白波がたち
海鳥が舞い
白雲が走る

何を指してゆく
あの春のみどり
夏の日の繁み
いま秋から冬へ

骨のような茎だけが
土手に揺れ
茫々と立っている
川辺の草の寂しさ

逆波のごときに
砕け　流れ　散る
最上川の河原に立てる
ただひとつの命

風鳴り

岸辺歩めばさらさらと
葦の原に風は鳴る
行くもののごとく
来るもののごとく

風は波となり
飛沫となり
すべてのものを引き連れて
ずんずんとゆく

風鳴りの声は岸辺を覆い
空へ広がり研ぎ澄まされて
行く秋を詠うと
ぼくのいのちも震える

月光

夢から覚めて　四時に起きる
身支度をしていると　月光が
しずかに　庭に差し込む
そう言えば　昨夕は満月であった

妻と銭湯の帰り　その明るさに驚いた
子どもたちも　この月を見ているのか
知らせてやりたい　と言うと
妻は　ロマンチックだと笑った

無限へと旅するように
私は　よく月を見る
目覚めたときから　月は私を離れない
そして　一日が始まる

五時でカーテンを開けると
月は　暗闇のなかで
しずかに私に言葉をかける
その囁きの　なんと愛しいことか

東から西へ動く　それだけのことが
何億年も人生を彩り
穏やかな無数の色彩を
与えつづけてきた

今日は　十月十三日
もう三十分すると外も明るくなる
私は　鳥のように翼を広げて
この秋を　歩きつづける

ゴーヤの記憶

ゴーヤの蔓が枯れてきて
十月の朝　二個残っていたが
蔓を取った　しかし――

あの苦みのある食感は
いつまでも記憶に残るだろう
帰郷の娘と孫たちと食べた夏

悠然と

慌てるな
怒るな
いつも悠然と
鳥海山のようであれ

風のように
光のように
そして
空のように

無想

一念無想
ひたすら描く
ここに惹かれ
命を投げる

一筆入魂
気のままに
一歩　一歩
一筆　一筆

秋の雲

ぽっかりと
綿のような雲がある
あれは確かに
秋の雲だ

日暮れの空にひとつだけ
居座って動こうとしない
あたかも私だけに
秋を知らせるかのように

白く　淡く　黄金色に
輝いて
雲よ
目の前から消えるなよ

山波

黄金の稲田
静かな集落
山肌に影を落とし
青く揺れる山上の雲

すすきが雲の白と重なり
初秋の山波が光っている
遠き山は青く
近き山はみどり

夏と秋が入り混ざり
澄んだ空気が匂う
音もなく歳月を刻むようにバスが進む
白はこれからめざす私の色

ただ一つ　白は無限大の宇宙
この穏やかな日和に
しばらく白い雲になって
ゆっくり流れてみよう

落葉

キャンバスの上を
ひとひらの落葉が飛んだ
敷き詰められた舞台に
自分も加わるかのように

じっと動かず
このまま雪に埋もれて
姿を消すのであろうか
もうすぐ十二月

春からの命を光らせ
木の葉はなんとさわやかな
演出をしてくれることか
風に揺れ　光となり

友となり　宇宙となり
地に還る
ふたたびまた
生きようと

流星

この世から消えても
夜空に輝く星であればいい
すべてが命をつなぐ力となって
流れる星なのだ

ともに許し合い慰めあって
この生をまっとうしたい
ひとは不完全なままでいい
流星はいつも光っている

暦

命あるかぎり
暦をめくって生きていく
風を感じ　光を見つめ
前へすすむ

一本の道が一冊の暦のように
今日も一枚　明日も一枚
あたかも　永遠を
信じるかのように

白き山

あきらめない
あせらない
あまくみない
すべてあい

大きなあい
山のようなあい
ゆるぎないあい
すべてを許すあい

すべてをのみこむあい
すべてをつつむあい
自然を受け容れ
大きくふくらむあい

そのあいを胸に
今日も生きる
希望と勇気を
白き山に託しながら

夕陽

夕陽と対峙して
しずかに秋を終わろう
一枚の落葉を本に挟んで

どんな暦も
あなたに背を向けて
捲られることはない

前へ
すすむことが

人生なのだから
また立ち上がろう
暦が冬へ向かって
捲られるように

晩秋の海

水平線がピンクに染まり
空と平行に横一線に伸びている
遠くからうねり高まる波が
岩にぶつかりしぶきをあげる

伸びては崩れ　崩れては伸び
海は溢れてくるものを捨て去るように
跳びかかって岩を打ち
止むことなく果てることがない

光る坂

生きること　それは
坂をのぼること
光を仰ぎ
前へ進むこと

8/25

Ⅳ　冬の紋章

月山の風

朝日が昇りかけるころ
月山はその輪郭を鮮明にし
澄明なブルーで一色になる
なんとさわやかで神秘的なことか

次第に明るくなると
山裾もぐんと拡がって見えてくる

月山連峰の稜線が
はっきり繋がり始めると

月山の上に朝日が……

流れてくる水の音
春の朝日はぐんぐん昇り
平野は一面本然の姿を見せる

何もかもが生き生きと動き始め
川に水が溢れ　田植えが始まる

やがて稲田は緑でいっぱいとなり
夏を迎える

豊穣の大地に稲穂が揺れ
秋の収穫
天恵と人々の努力で

今年もまた生命の糧に恵まれる

見つめてきた月山も
春　夏　秋と過ぎ
白一色となった

ふたたび月山は輝き始め
大地を潤す水を蓄え
雪を被り　嵐に耐えながら
じっと春を待つ

涸れることのない愛を教えるように
月山は永遠の美しさを投影して
陰ることがない

母のごとく永遠なれ
月山

*

伸び伸びと明るく自由奔放に
「月山」を描きつづけ他界した
絵描きがいた　享年九十

誰彼と受け容れ　懐深く
念《ねが》いと叫びをきき
大地を育み水源を潤し
気高く四季折々の美を湛え
人の世を見守りつづける霊峰

月山は死者の山という
その絵描きもまた
消え去ることなく
甦る

【註】絵描きは今井繁三郎画伯（鶴岡市名誉市民。１９１０―２００２）

＊

月山は月の光に照らされながら
静かにこう思う――

なぜ人の世は　争いが絶えぬのか
悠久の時の流れのなかで私はいつも

この世の平和と安息を願いつづけてきた
人間よ　風になれ　光となれ

月山がいつまでも
月山であるように
すべての人が帰る所であるように

＊

山の自然がたっぷり溜った
緑の道を蛇行しながら
とある寺に着いた
そこは　月山の風が寄す
山裾の小高い丘

黙って石に腰をおろし
杉木立の間から
月山を眺めていると
淙々たる風の音
死者たちの声のようにきこえる
ここは　たしかに霊域なのだ

臥牛のように
しっかりと大地に根を張って
動こうとしないその重力
雪の日も　雨の日も　風の日も
顔を伏せることはない
茫々たる天と地の山

夕映えが月山を染めるのを

いつまでも眺めつづけた

*

月山は死の山ともいうが
再生の山でもある

山塊の襞の彫りが
青々と山の深さを現し始め
山は光となった

雪は青に対比して
白くかがやき
ぼくは再生を誓いながら
月山と向い合った

北の海

灰色の空に被《おお》われて
空は痛むように重い
ときおり雲間が裂けて
快い輝きが海に射しこむ
その光に昂ぶり
湧くように　波は無限に
旋転しつづける

いくつも　いくつも
色を変え　姿を変えて

刻々　その生命《いのち》を跳び超え
あたかも空へ吸い込まれるように
一瞬を織りなす　光の虹
終わりのない海と空との呼吸が
魂を揺すりながら
はるかな奇蹟を甦らせる

冬の海の歓喜
厳しさのなかに訪れる
しばしの幸せ

光が消え
ごうごうと唸る海
波はいっせいに
海に向って走り出す

ああ　海よ
原始のときから
惜しげもなく歴史の舞台を
口を大きく開け
息をひそめ　叫びながら
還ってきたのだ

そして　今
街の生への意志を沸き上がらせて
港は大きく膨らむ

海のある大きな父なる街

耳をすますと

昔と未来が力強く船出する
千石船の音が
思念のよどみにこだまする

海と空が港に向って
ふたたび光の虹をかけはじめた

冬の海

ごうごう　ひゅうひゅう
海鳴りが耳元を絶え間なくよぎる
何かを訴え　何かを叫びつづけている

止みがたき覚醒

吹雪で遮られていた視界から
日本海がさっと青さを取り戻す
躍っては砕け　うたい
いっせいに命をかき立てる

甦る光
新しい空間

ふたたび吹雪となれば
海鳴りは憤るがごとく
復りまた往き

物象と幻像のなかで
ぼくを捉えて離さない冬の海
わずかなぼくの存在が
巨きなものに連行されて
希望へ向う

無音

雪の林の前の
窓越しの椅子に座り
無音のなかで響く
自然の音を聴く

目を瞑ると
紫色に写る見えない世界が
無限につづき
心が洗い清められていく

ああ　泰然と
この音のない静けさに
いつまでも魂を
委ねていたい

小雪

教室には
さびしさを超える
透明な息づかいがある

一人ひとりの沈黙が
色となり形となり
心となる

外は小雪　何もかも白
素直で自由で優しい

きみたちのように
花が咲くときと
散るときの力を
感じてほしい

オカリナ

うっすらと雪が降った朝
村を歩いていると
どこからかオカリナの音

まろやかな音色
誰がどこで吹いているのか
美しい野花が甦ってくる

その人はきっと
春を呼んでいる

そして　愛を

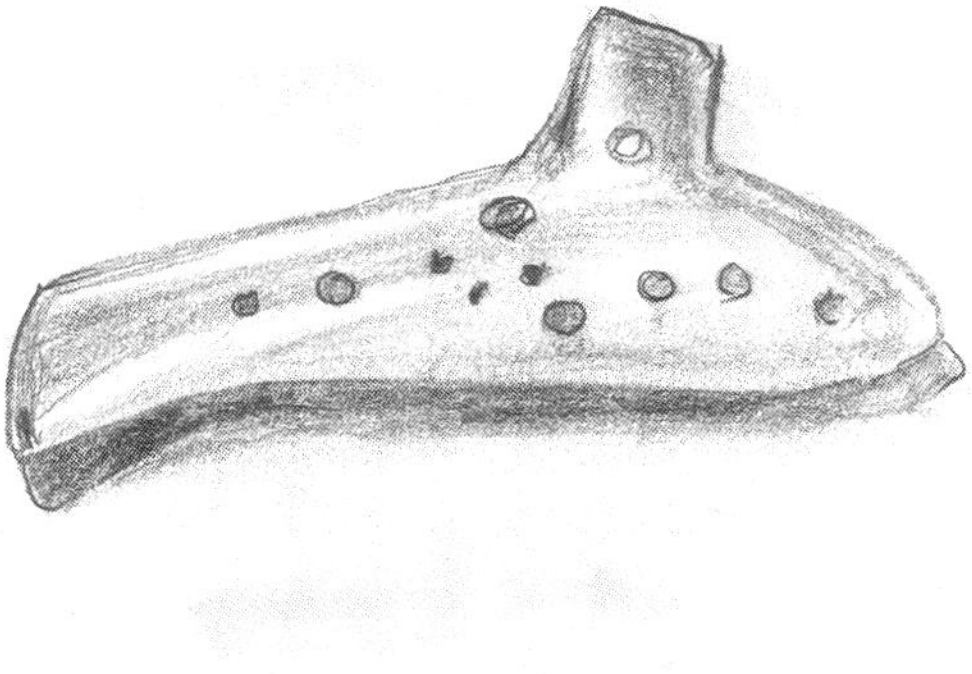

雪の音

しんしんと　ころころと
雪の音
径いっぱいに雪の音

どこまでもつづくこの径を
白一色に染めつくし
しんしんと雪降りしきる

皆がこの径を
歩いてくるのが

見えるまで

どこまでもつづくこの径を
ひとりゆく朝
雪ころころと降りしきる

ただしんしんと
ただころころと
雪の音

雪の記憶

憶えているだろうか
あの寒い日の夕刻
きみの家の庭はすっぽり雪だった
その雪を踏みしめて
ぼくはきみの家の戸を叩いた
太った体つきで
お母さんだろう
「こんばんは」と言ってくれた
中に入るよう勧められたが
ぼくは入らなかった

きみがまもなく来てくれる
そう思ったから
ぼくは外で待ち　雪は降りしきり
庭木の梢も厚化粧をし始めた
きみも化粧でもしているのだろうか
そのあいだぼくは雪の上に
「愛している　愛している」
と二度書いた
雪は小やみなく透明な文字を消し
白く一途な空しさを秘めながら
仮借のない光を放ち
ぼくはきみが出てくるのを
いつまでも待ちつづけた

十二月の風

大欅の並木道に　久々に晴れた
昼日が透明に射し込んで
黒い木造倉庫をスクリーンに変え
欅の小枝が彫刻になった

光と影の静けさのなかを
冷たい十二月の風が通り抜けた
誰も見ていない空間に
じっと季節を探しつづける

白鳥

声張りあげながら
寒風に立ち向かってゆく
一羽の白鳥
この一瞬を生きる尊さ

冬は魂を注ぎ込む
自然との交信所
ああ　なんという
この一瞬を生きる歓び

寒凧

凧になって空を飛ぶよ
命のかぎり飛ぶよ
どこまでも飛ぶよ
子供になって飛ぶよ
雪の白に染まりながら
どこまでも飛ぶよ
無重力で飛ぶよ

蒼々と

梢の間からそうそうと
聞こえる風の音
もしかしたら
雪の音かもしれない

ああ　この一年も
こうして風と雪とともに
少しばかり光を残し
暮れていく

しんしんと

しんしんと
雪が降る
山の上の一軒の館の一室の
椅子にもたれて見つめている
遠くに見える集落が雪のなかで
しずかに呼吸している
私も魂のふるさとへ一緒に

少しずつ近づいていこう
白い雪が希望のように
しんしんと降るうちに

大河

庄内平野の吹雪のなかを
最上川は日本海へと向う
たしかあの方角に
ぼくの故郷があった

春　草が萌え　猫柳を家に持ち帰った
夏　青草の上に寝ころび　空を見た
秋　全校生の芋煮があった
冬　そこは厳しい寒風の世界になった

透明な冬の空気を吸いながら
山の上に立ち
最上川をみつめる
ぼくの前にはいつも大河がある

吹雪

どんなに激しくとも
止まない吹雪はない

じっと闘っているうちに
訪れる静けさ

拡がる光のなんと透明で
豊かなことか

その豊かさに救われて

歳月を刻んできた
来る年も　来る年も
春を信じながら

厳冬の満月

銭湯の窓越しから
見えてくる
厳冬の満月

その満月の下を
月よりの使者のように
白鳥が翔んでゆく

その白鳥のように
無限の余白へと

翔んでいきたい

山居倉庫にて

ひっそりと二月の終わり
山居倉庫の欅並木は
今朝も私を惹きつける

家族の安寧と世界の平和を祈り
山居稲荷神社に参拝すると
私が奉納した鈴がカラカラ鳴る

蝙蝠傘に柔らかく雨音が柔らかく響き
一つの思いが欅並木に吸いこまれ

春へと広がっていく

黒川能

地の力
命の歌
人々の願い
平和への祈り

ひたすら
謡い　舞い
魂を注ぐ
鼓　笛　律動

黒川能
魂を紡ぐ
農民の命が
ここにある

季節の吐息

春の旋律を聴こうと
夢見る乙女のように街に出る
雪上に靴跡を刻み　襟を立てて
無表情な街をうつむき加減に歩いてみる
そっとウインドウの緑の鉢を眺めると
街に隠された春の香りが甦ってくる
冬には透きとおってしまいそうな

季節の吐息がある

風

芸術は風
ひとときとして
同じものはない

今日も息吹となって
風が吹く

芸術は創造
未来を切り開く風

永遠の生命をいただき
今日も風になろう
一つの魂として

冬の記憶

真冬のみどりの山
鳥の声
風がやさしく
自然はひとを誘う

花は何も語らず
鳥も人も一緒に歌っている
限られた人生と
無限の営みに包まれて

白の彩り

ためらわず　音もなく
雪は降ってくる

ありのままに

白　ただそれだけの彩りに
無限の思いが充満してくる

北の海　2

北の海に冬が訪れ　雪が飛ぶ
岩に立ち海女あればその姿像となり
わが姿形となり
あたかも人間の象徴のように
日々の営みのなかでこの厳しき自然と
雄々しく立ち向い
恐るべきヴァイタリティをもって家族を守る

貧しさや労苦などすでに超脱したが如くに
不敵に明るく岩を這う

この素純な生きざまを見つめずして
何の追求ぞ
感動から幾十年
今も脈々とわが鼓動を高ならせ
わが創造を透徹せむとする
ここに悠久なる自然と人間との
ひたむきな魂の響き合いがある

わが無碍なる画業の出発点が
海の靭調《つよいしらべ》のなかから詩となり
ほとばしり展開する

海の階調
今日もぼくは自然が織り成す人間との関わりに

生命を燃やし明日へと一歩を踏み出す
冬の海へ魂の愛をこめて
苦行者の道は果てることがない

ぼくにとっての海の歴史は
今始まったばかりなのだ
海　そこに
無限の可能性がある

冬の海　2

海の魅力に拘われて
すでに何年経ったろう
河口の土堤を歩き
燈台を前に眼《まなこ》を閉じれば
ああ　果てしない海鳴り
海の香りが身を走る

畏怖が僕の許に近づく
冬の海の混沌

荒涼たる空の下
水面を割って
希望《のぞみ》を開いていくように
波は波を飛び越え
前進を繰り返す
あたかも生命《いのち》を盛んに
かき立てるかのようだ

痕跡も陰影をも消し
ただひたすらに怖れを吹き払い
一切の懸念から人を解放する

冬の海に魂をよせ
シンフォニーを聴く
測り知れない未来に心を開き

自らの生命《いのち》の尊厳に目覚め
夢を奏でる
海また海の彼方に
春をのぞみながら

鳥海山

随想

丹前　――父の形見

その日の夜は、六時半から県美展初日の交流会があり、九時前に帰宅したが、帰りが遅くなるだろうと、妻が私の蒲団に丹前を重ねて、寝床をとっておいてくれた。

床に入ったのは九時半。それから目覚めの四時まで、丹前のおかげで心地よく夢を見ながら眠ることができた。この丹前は、亡き母の手作りによるもので、父が晩秋から冬にかけて着用していたものである。このあいだ、蔵を片付けていたところ、何十年ぶりで出てきたもので、貴重な父の形見である。

この丹前は、起床しても離れることはなかった。燃えないゴミを持って集落のステーションまで運ぶときも、そのあとの一時間半の散歩のときも、そして午前・午後の仕事のときも。こうして、十一月八日以来、一日一日、父と母のぬくもりは私を包み、曇りがちな晩秋の空も晴れてくるように思えるのであった。

父は、明治三十二年一月十日、当時の大和村（現・余目町）の最上川に近い小集落に生まれ、平成元年の二月二十四日、昭和天皇と同じ年に、九十一年の波乱に満ちた生涯を閉じた。

昭和三十年発刊の「山形百人」に、父について記された一文がある。

小林氏が産組運動に突入したのは弱冠二十三歳の時、大和農協を育て上げ、庄内経済連の初代会長となり、余目町合併までは長く村長として村政をしっかりつかみ、村民の生活の向上にガムシャラといわれるほど真摯に働き抜き庄内農協陣営ではもちろん、全県農協界に〝小林徳一〟の名は忘れられぬ深い存在を焼きつけたのである。軍閥に抗して割腹した中野正剛らとの交流もあって、氏の歩いてきた五十余年の人生は、表面おだやかなようであるが、実は怒濤岩を噛む如き熱情につらぬかれている近代農民道に徹しながら、築かれた人間像は燦然と光を放っている。

この本の発刊は、父が五十九歳のときで、私は今その父の歳を大きく越えてすでに高齢の身であるゆえに、父の活躍した時代のことが、いっそう生々しく胸に迫ってくるのである。

父はいつもやさしく温かく、勇気と励ましを与えてくれた。小・中学・高校生となり、成人してからも、人生や世論のことを諭すように、真剣に語ってくれたものである。

最上川近くに七反もあった広い畑地には、よく私を連れていってくれ、いっしょに芋掘りやごぼう掘り、大根摘みなどするのが楽しみであった。畑には大きなポプラの樹があり、四季を通じてその表情は詩情を駆り立ててくれた。夏の日にパタパタと葉音をだして風にそよぐさまは、一幅の絵であり詩であった。

畑仕事に疲れてポプラの樹の下で寝ころび、空を見上げ、雲を追いながら心地よい大自然に青春の夢を馳せつづけた。私の自然への限りない愛着は、最上川に近い古里の父との触れ合いから育まれてきたのかもしれない。

この世に生を与えてくれた父母に感謝しつつ、今日も大地を踏みしめて一歩一歩、丹前のぬくもりを体感しながら歩みつづける。それは愛と調和の世界であり、美と出会う旅にはいつも父と母がいて、大自然のなかでやさしく凛として微笑んでいる。

ふるさとの山 ――鳥海山

幼少のころから鳥海山は、私の目から離れることはなかった。生家の裏に出ればいつも目に入り、隣村の杜の上は鳥海山の定位置で変わることなく、悠然としていた。ただ美しいから好きなのではない。ただ高いから憧れるのではない。

鳥海山に何度か登ったが、忘れることができないのは、村の講の人達と一緒に、夜中に起き、神社に参拝のあと、白足袋、白装束で草鞋をはき、行者姿で鳥海山の神参りに出かけた日のことである。首には、「お注連」を掛け、笠をかぶり、菅ゴザを背負い、杖を持って、頂上の神社に辿り着くまで、何日も中腹の石神に参拝した。

先人達は、山は神の宿るところ、死者の霊の行き着くところとして崇敬し、〝お山〟と呼んで参拝しつづけてきた。私もその一人として中学二年のとき、参加の機会を得て登ることができた。振り返ると、その体験が私の大きな財産となっている。

また、小・中学校の図画の時間にはきまって、校舎から真っ直ぐ見える鳥海山と向き合いながら絵を描いたものである。こうして、鳥海山は頭のなかに啓示のごとくインプットされていった。

早春には「気韻生動」を感じ、鳥海山をよく描いたものである。夏の水浴でのときなど、最上川の前方に鳥海山が聳え、山河を包む大自然のそのふるさととの光景は、子供心にもその素晴らしさが伝わってきた。

毎朝五時には散歩に出かける。一時間半ほど歩くが、家を出て北へ向かうと、鳥海山が見えてくる。

六月二十一日、鳥海山を描くため、松山の「眺海の森」の丘陵に立った。山は気品と力強さと重厚さをもってぐんぐん迫ってくる。雲と山が刻々と変化し、実に絵画的である。初夏の風と光を存分に吸いながら、気韻生動してくる山の実相を捉えようと、百号のキャンバスを立て、描き始めた。山の声がきこえてくる。大自然の息遣いが伝わってくる。山は神秘である。私を映す鏡であり、鳥海山はふるさとそのものである。

私は地元に支えられながら生きている。私の原点は生まれ故郷の呼吸と一体なのだ。その地元を象徴する山の姿は、凛とした人間本来の生きざまに似て美しい。散歩しながら毎朝、心に滲み込んでくる鳥海山への憧憬。私だけの地図を求めて探し歩く、新たな発見への道程、それは鳥海山の頂きに通じる。

人間への限りない愛　――今井繁三郎画伯の訓え

　今井繁三郎画伯と出会ったのは中学生のときであった。以来、五十年以上のご縁で多くの指導に与り、中央への出品も先生は勧めてくれた。「今井先生の絵には、形や色彩の微妙な音階があって、詩を奏でる不思議な世界がある。それがごく自然なリズムとなってくるから、鑑賞する者にとって相互に影響しあい心地よい風韻となる」とある新聞に発表したことがあったが、今井芸術は何であったのか、多くの人々を魅了した本質と心象は何なのか、と問いつづけてきた。

　2003年に鶴岡市の致道博物館で開催された「遺作展」において、その問いへの回答のヒントがつかめたように思えた。ひと言で言えば、それは「人間に対する愛」の詩的表現ということである。自由奔放で物に動じない風格も行動も、すべて人間への愛と信頼に裏打ちされていたように思う。すさまじいエネルギーで詩魂を漲らせ、作品を次々と生み出した画家がそこにおり、作品は潑剌とした生命感にあふれていた。雪国の羽黒の風土で寡黙に生きる人間の姿を象徴的に描いた作品、現代の混沌とした多様な世相を洗練された筆捌きで見事に表現した作品、平和とは何かを問いかけてくる作品などなど、千変万化する創造の世界を垣間見せ、内奥の生命の展開が純化されてゆく過程を、一つひとつの作品から汲み取ることができた。

今井先生は夢を追い現実と対話する人であり、「絵にはポエムがないと駄目だよ」と、しきりに言われていた。人間への大いなる讃歌を天国におられる先生と、私も一緒に歌いたいものである。

山居倉庫　――先人たちの知恵の結晶

酒田港に近い新井田川べりの山居倉庫には、往古の酒田の名残が一枚の絵のようにとどめられている。倉庫の佇まいは明治26（1893）年来、九十四年もの間あまり変わっていない。が、現在、周囲には民家が林立し、最上川と新井田川に挟まれた中州（通称山居島）に建てられた当時の面影は消え去っている。それにもかかわらず、川に沿って二ヶ所に船着き場が当時のまま残されており、大勢の作業員が上り下りしたであろう坂道からは、物を運ぶのに舟に頼るしかなかった時代の賑わいが、ふと甦ってくる。

テレビ小説「おしん」の撮影現場に出くわしたことがあった。おしんの母が女丁持（米を背負う女性労働者）として米俵を担いで坂道を上るシーンはきわめて印象的で、大正時代を彷彿とさせるものがあった。作業員によって陸揚げされ荷車で運ばれた米には、等級がつけられ、品質と重量を均一にさせ、包装と荷造りのあと保管されたのであった。創設以来の自然の力を生かした伝統的な保管技術によって、山居米は〝銘柄米〟として全国的に知られるようになった。今も庄内米にその伝統が引き継がれている。

木造土蔵としてはわが国でもっとも古くなったとされる山居倉庫が、十二棟ずらりと横に並んだ姿は壮観であり、米どころ庄内を象徴している。倉庫を注意ぶかく見ると、二重屋根や換気口が目に入る。これも外気の影響を防いだり、風を利用するために工夫された先人の知恵の結晶であり、いくつかの貴重な含蓄を発見することができる。

朝、白壁に眩しく陽光が輝き、夕べにはシルエットのようにその影を新井田川に落とす。見慣れた"港っ子"にとっても、それは息をのむほどの美しさであろう。昭和39年9月に酒田市を夫人とともに訪れた文化勲章受章の歌人・土屋文明氏は、山居倉庫をつぶさに見学し、「欅の下棟並べたる大倉庫幾十万人食ふにかあらむ」と、その感想を詠んでいる。明治人の気概をもつ文学者の呼吸と古い倉庫の息づかいが共鳴した迫力が感じられる。

さかのぼって大正14（1925）年に東宮殿下と呼ばれた天皇陛下がときに行啓されたのを記念に建設された館は現在、民間では唯一の米穀に関する研究室として残っている。そして、倉庫のほぼ中央、川べりにひときわ目立ち、春夏秋冬の趣に鬱蒼としたツタが彩りを添えている。アシのある川岸の風情と溶け合って川面に影を映すとき、豊かな歴史を伝えるこの風景は、匂いいっぱいに広がって、エキゾチックな詩情さえ漂う。

山居倉庫には、ほかにも皇族の方々がしばしばお出でになられた。学習院時代にセーラー服でお立ち寄りになられた島津貴子さま。鳥海登山の途中で学友とともに軽装で訪れられた浩宮さま。庄内米歴史資料館やケヤキ並木を興味深げにご覧になった常陸宮ご夫妻。歴史は記憶を今にとどめている。

緑が街々から消失している現代、ことさらその存在が貴重と思われる山居倉庫のケヤキ並木は、百余年の光陰を刻みつづけてきた。風格に満ち〝グリーン山形〟を代表する景観の一つになってもいる。激しい海風と夏の直射日光を防ぐために植えられた苗木も今では六本となり、先人の叡智が情念と化して、天を指して伸びている。そのさまは実に見事である。新緑は光にあふれ、真珠のように輝きを増す。樹木の輪郭が次第に広がり、大胆に緑を深くする。夏は涼しい風、秋はめくるめく紅葉。雪のように軽やかに舞う落葉が径に敷かれ、静寂のうちにやがて冬へと時は移ろう。季節がめぐり来るたびに新たな相貌をのぞかせるこの風景に、魅せられて幾年になることか。憑かれたように絵筆をキャンバスにたたきつけてきた。四季を通じ、ケヤキの姿に自然の移り変わりの不可思議を感じてきた。

倉庫鎮守の神としてケヤキ並木のある倉庫裏に鎮座する三居稲荷は、地域住民の厚い信仰を受け9月に盛大に祭典が行われる。祭典行事としては、子供相撲や芸者踊りがにぎにぎしく繰り広げられ、観光客の人気を呼んでもいる。往古、日本海側は表日本であり、酒田港は全国有数の良港として賑わった。山居倉庫から積み出される庄内米が全国に喧伝され、北前船が港を圧した時代を、偲ばずにはいられない。

センドウ　――旧正月のころ

今年の正月は暖冬のせいで、過ごしやすかった。初詣には星も見られ、朝には初日の出も見られた。梢も天空へ伸び、雪のない平野も出羽丘陵も光にあふれていた。

雑煮をいただいたあと、鳥海山の初景色を描こうと、松山の「眺海の森」へ向かった。山は懐いっぱい私を迎えてくれた。元旦早々一枚の絵を山と対峙し、大きく描けたことの歓びが全身を走る。

そのあと、鳥海山とは反対側の庄内平野と最上川、そして日本海の見える南へ眼を転ずると、中景に私の生まれた古里が見え、元旦の光のなかに島のように集落がある。彷彿と子どものころの正月のことが甦ってくる。何と言っても、《センドウ》が一番だ。この呼び名は塞の神を祀った祭堂がなまってセンドウになったものらしく、「幸の神」「歳の神」「才の神」「妻の神」と文字を当てはめているところもある。祭は小・中学生の子どもの手でしきられ、村あげての小正月の一大伝統行事であった。

毎年交替で決められた神宿・当屋には、村民の家内安全と安産や子授かりを祈願し、祭壇が設けられ、神体（男根を形どった木製の陽物）と、男女の性器のようなものが描かれている旗が飾られている。また、参拝者の寄進の餅や米等の品もたくさんある。

祭りは小正月に行われ、子どもたちは太鼓を叩きながら各戸を回り、米や金等の寄進を受けた。さらに、参拝者が道ゆく人たちの景気をあおり、賽銭をもらい、それを子どもたちでお年玉として配分し、小正月は大いに潤ったものである。

夕方ともなると、五十センチほどの木を削り、顔を描いた梵天を一人ひとりが手に持って、村の端から端まで「ヨードレホーイ、ホイ」と鳥追い唄を大声で唱え、太鼓に合わせながら練り歩いたものである。一寸先が見えない猛吹雪でも毎日繰り返され、真っ白な晒の鉢巻きのきりっとした姿ごと、雪だるまになる日も連続した。

サイの神は村のはずれの十字路におられ、疾病や悪霊等の邪悪なものが村に侵入しないようにする神であることから、子どもたちは悪払いと鳥追いの意味もあって、「ホーイ、ホイ」と唱え歩いたと思われる。こうして、庄内地方では、方々で小正月に《センドウ》が行われ、小正月の風物詩となっていた。この行事で子どもたちは村の住民であることを再確認し、愛郷精神と友情・連帯感が芽生え協同の力と一体感も培われていったのである。しかし、昭和三十年代前半から、

「野蛮で時代にふさわしくない」としてほとんど行われなくなってしまった。

　子どものころに培われた古里での思い出は、人と自然とが織り成す一大叙事詩であり、機会あるごと泉のごと脳裡を闊歩し始める。日々、大地に包まれて逞しく、そしてやさしく、潔癖に、また泥臭く過ごしたようにも思える。しかし、現代の子どもたちは、大人になってもう一人の自分に気づき、豊かさを懐かしむことがあるのであろうか。人と自然との関わりのなかに育まれ、豊かに人生を散歩できる人は、幾人いるのだろうか。

解説

風になれ　光となれ　そして愛へ
――小林功氏の遥かなる絵画と詩への旅

万里小路　譲

小林功氏は不思議な魅力を持つお方である。穏やかな風に似て自然のなかで光をまとっているような風情がある。ネガティブな面が感じられず、何かしら聖人のような風格を保持しておられる。詩人には型破りな人間が多く、芸術に携わる者には己れの精神の病を払拭しようとするある種の気概があることは、画家のゴッホや小説家の夏目漱石を思えばすぐに了解できるが、小林功氏にそういった資質を感じ取ることはできない。しかしながら、芸術に向わせる衝動として何かあるはずである。それは何であろうか?

小林功氏については当初から画家として存じ上げており、伝統ある「白甕社展」や「県美展」を始め、「致道博物館」「ギャラリーまつ」「黒川能の里・王祇会館」「庄内町内藤秀因水彩画記念館」などにおける個展において豊かな作品世界を堪能させていただいた。そして、「致道博物館賞」「山形新聞社賞」「藤島町自治功労賞」「鶴岡市芸術文化協会功労者表彰」など五十以上もの賞を受賞し、現在は「白甕社」の委員長を務めるなど、画家としての功績に大いなるものがある。それに加え、若き日より詩作を行っていたことをのちに知ったが、小林功氏が詩人としての肖像をも持ち併せていることに、あらためて驚きを覚える。絵画と詩は異なるジャンルであるが、推測するに小林功氏は、詩人の眼でもっても画業に携わり、画家の眼でもっても詩業に携わってきた芸術家なのではなかろうか。

小林功氏の自宅は、風光明媚な自然に囲まれた鶴岡市渡前字中道にある。鶴岡市街地のほぼ中央に位置する市役所からは北東へ七キロメートルほどの距離にあり、車でわずか十数分で辿り着くが、街の雑踏からはおよそかけ離れており、別世界の様相を呈している感がある。幾度も訪問させていただいているが、鶴岡公園南下方にある拙宅から車に乗り、城下町特有のくねった道路を駆け抜け、赤川に懸かる三川橋を渡り国道３４５号線を走ると、すぐに一面に広大な田圃が開けている。やや婉曲した道路がつづき、ときおり行く手に鳥海山がその姿を垣間見せる。藤島の集落に辿り着く前に、国道から右に分かれている道があって、そこを通ると約六〇戸からなる「西渡前」の集落がある。この道路はすぐに国道３４５号線へと出るのであるが、この地に集落のあること自体が驚きである。国道は頻繁に通る道であるのとは対照的に、一般にこの道に入ることは用のない限り皆無であろう。ふと「桃源郷」という言葉が脳裡をよぎる。

小林功氏から六十年にも及ぶという自身の散歩のことをよく伺っていた。毎朝５時半から7時頃まで一時間半にも及ぶ散歩だという。散歩の習慣のない者にとっては眩しい話である。推測を重ねれば、画業も詩業も散歩の結実であり、散歩こそは日々の暮らしを支え豊かにする行為ではなかったか。いったいどこをどう歩くのであろうか？　否応にも興味が湧いてきた。

そして、２０２０年9月30日水曜日は忘れられぬ日となった。散歩の同行をお願いしたところ、実際の散歩コースを体験することと相成ったのである。――午前9時45分、自宅のガレージから車を駆って小林宅に向かった。快晴である。スコット・ハミルトンのテナーサックスのスタンダードプレイを大音響で鳴らしながら走ると、４ビートが車の駆動に一役買っているように思われる。車の窓を開けると澄んだ空気が舞い込んできて、鬱屈した気分は一瞬に一掃される。やがて忽然と鳥海山が姿を現わす。春の冠雪の鳥海山は美しく心を和ませるが、秋の鳥海山はザラッとした陰影に富み、厳冬の季節の到来を予感させている。そうこうしているうちに、あっという間に小林宅に辿り着く。

すでにその日も5時半からの散歩を終えていたということであったが、あらためて同行をお願いした。白手袋をはめ帽子をかぶる同じ出で立ちで玄関を出ると、左方すなわち北へと向かう。こちらは手ぶらであるが、小林功氏は小さなショルダーバッグを肩から提げている。広い敷地の家々がつづくと多くの柿の木があり、大粒の庄内柿が群生して色づいている。雨の日はどうするのか伺うと、傘を差したり雨合羽を羽織ったりして歩くのだという。畦道などが雪で覆われるであろう冬はどうするのかと伺うと、道程を変え一時間ほど集落の近隣を回遊するのだという。

秋の風は心地よい。寝汗をびっしょりかきつづけて酷暑をやり過ごした身には、天恵のように思えてくる。しかし、春の風とは異なりやや淋しげに感じられるのは、厳しい冬へと向かう予感に包まれるからであろう。不思議なことである。春と秋において、温度も風速も同程度のようであっても、向かう季節の違いによってそのありようが正反対にある。

小林功氏の通常の散歩は、北方の鳥海山を目指し、時計回りに大きく迂回し、出羽丘陵を眺めながら歩み、東方の月山を目指し、田園を貫いて歩き、自宅へ帰るコースである。国道を横断し、藤島地区へと足を踏み入れるとすぐさま、草木の生い茂るなか、トンボや蝶が飛んでいる世界に紛れ込む。昔経験した光景が甦り、それは自分の生い立ちに関わる原風景のように思えてくる。草笛を吹いた原っぱでの遊び、池のほとりで雑魚を捕まえた日々。子どもたちの姿は今、この辺には見かけないという。よく観察すると、生い茂る草に紛れて、さまざまな花が咲いている。雑草の花は美しい、と小林功氏が口にする。とりわけ、小さな青い花弁が目を射るのだという。そう言えば、自然のなかに青を見ることは稀である。蔓が太くからみついている樹が多い。樹もまた、ひとつとして同じ形をしていない。ふと、ジャングルの入り口に舞い込んだ思いに見舞われる。樹も草も自然の中で生きているのだと思うと、人間もそうなのではなかったか。藤島川が眼下に見える。いつもより水嵩が少ないという。昔、川ではよく泳いだという。初めて泳いだのは小学四年生のとき、なんと最上川の土手からふいに上級生に突き飛ばされてのことだったという。昔の子どもたちはたくましかったはずだ。現代の子どもたちは川で泳ぐことはできまい。

近景ばかりに目を取られていたが、小林功氏は遠く山々をも見ていた。何度か立ち止まると小さなスケッチ帳をすばやく取り出し、あっという間に鳥海山を、そして月山を、芯の太い鉛筆で描きあげていた。そのさまを初めて拝見することができた。視線を山からスケッチ帳へ何度もすばやく移行させ、躊躇なく上下左右に鉛筆をすばやく走らせる。切り込み鮮やかにあれほど力強くそしてすばやく振れ動く手をこれまで視たことはない。ジャズの即興演奏に似て、描かれる表象と志向される思いとは、周到に仕組まれているのであろう。気が向くと、どこででも立ち止まり、描くのだという。

スケッチ帳のほかに小さな筆記帳をもショルダーバッグに潜ませており、それには詩のフレーズを書き込むのだという。机上の想像でも空論でもなく、現場において詩が生まれ出ている。思えば、小林功氏の詩篇は自然の折々の相を詠い上げて美しい。慌ただしい現代、忙しく立ち回る者にこの光景が見えることはないであろう。自然との交歓から絵画と詩篇が生成されている。そのように考えると、画家・詩人に加え「自然人」という呼称が脳裡をよぎる。

大きく時計回りにカーブして、ようやく帰り道に入ると、広大に拓けた田圃の半分はすでに稲の刈り取りが終了している。一週間ほど前に強風があり、そのせいか倒れている稲も多く見受けられたが、しかし風のせいというよりはたわわになった重みのせいなのかもしれなかった。ハーベスターで刈り取りの作業を行っている男の人に出会うと、何やら小林功氏と話を交わしている。昔、稲刈りは手作業であったが、今では十反ほど田圃の稲など数時間で刈り取ってしまうという。

広いグランドを擁している渡前小学校を通りかかると、地区の運動会はここで行われるのだという。子どもたちの俳句の指導もしているという。そう言えば、小林功氏は俳句も短歌も創っており、その数は夥しいはずである。偶然であろうか、翌日、配達された『荘内日報』（10月2日付）に、「渡前小学校　夏の俳句」というコーナーで各学年の児童の特選・秀作・佳作と小林功氏による選評が掲載されている。《地域の俳句の先生》という紹介で小林功先生自身の句も掲載されている――〈葉桜が休校の庭守りおり〉。時代の不遇に負けない志を育んでいる佳句である。２０２０年はオリンピックが延期になり、コロナ禍に喘いだ年として歴史に刻まれるであろう。小林宅に帰宅すると、すでに12時をまわっていた。

人柄は絵画作品と詩篇にすでに顕れているように思われる。絵画は自然の光景を描くことが主であり、地元を代表する山である月山・鳥海山・出羽丘陵は、小林功絵画ワールドに頻出している。油絵ではときにはどっしり重く、水彩画ではときには淡く、デッサンではときには軽く、さまざまなスタイルで描かれているが、基調として通底しているのは自然への畏怖と自らがそこに存在していることへの感謝なのではなかろうか。

詩の世界に眼を転ずれば、自然がやはり描く対象の主体となっており、絵画制作に等しいと思われる志向性が秘められていることに気づく。本詩集においては、「Ⅰ

春の息吹」には穏やかで豊かな心境が自然のなかで遊泳しているさまが感得され、「Ⅱ　夏の炎天」においてさえ酷暑を思わせるようなつらいイメージは顕れない。むしろ、灼熱の輝く光と熱情の風が吹いているように思われる。「Ⅲ　秋の光」においては、実りの秋を象徴するがごとく濃度の深い光がどこまでも射していて美しい。では、冬はどうか？　東北の冬は地吹雪が象徴するように、厳しい気候に悩む季節である。小林功氏にとりわけどの季節がお好きか、と尋ねたことがあった。春や秋における自然との触れ合いは、だれしも最上の喜びのはずである。しかし、意外なことに、答えは冬であった。それを証明するように、自然との交歓から言の葉が織り込まれ深い摂理を伝える春・夏・秋の章とは異なる趣が「Ⅳ　冬の紋章」には認められる。それは身が引き締まるほどの厳冬にて自然と共生する透徹した想念であろう。

詩集のタイトルともなった詩篇「月山の風」は五つの小篇からなる連詩であり、絵画に描かれたであろう光景がここでは言の葉によって描かれ、詩の沸き起こる磁場が先鋭に認められる。死の山・月山への畏怖、再生の山・月山への祈祷、霊峰・月山への憧憬、それらが厳かにそして豊かに描かれているが、そのなかに意表を突く小篇が組み込まれている。月山が人間に語るという詩篇である。そして、〈風になれ　光となれ〉という印象的なフレーズが織り込まれている。これは詩人自身が心に念じたフレーズにはちがいないであろうが、月山という山が人間に呼びかけている構成になっている。そして、そうとすれば、自らに浴びせているフレーズのようにも思われ、それは敷衍されて、ひとを含む生きとし生けるものすべてに呼びかけているようにも思われてくる。小林功ワールドの魅力の秘密はここにある。対話は双方向に流れる会話となって詩に結実しているのだ。想念は自然との親和から生まれ、詩作の根底を成す観照は自然との対話から生まれている。

小林功氏の書斎に、御尊父の小林徳一氏が関わり昭和6年2月7日より星川清躬によって編輯発行された『The Cooperative Village 協働村落』が創刊号から何冊も丁寧に紐で綴じられているのを発見した。借り受けて自宅で開いたが、どの頁からも農村開拓に端を発する世界開拓とも言うべき将来を見据える熱い情熱を身に浴びる思いがした。ほかにも農業に関わる多くの古書があり、それらに混じってとりわけ眼を惹く一冊の雑誌があった。『星が 流れる』第1号（鶴岡市詩歌同好会「わらびの会」）という詩誌である。百四頁に及び、奥付に「編集・校正 本間寓／発行日 昭和51年8月25日」とある。校歌作詞や短歌が掲載されているが、全体はほぼ詩篇で構成され、三十名ほどが発表している。同じく鶴岡市に住んでいながら、知らない人ばかりである。これには驚いた。小林功氏もまた、誰も知らないという。どういう経緯でここに載ったかも記憶にないという。奇妙なことである。しかし、この奇妙さは埋もれていた作品が甦る輝きを逆照射している。この詩誌のなかに、最も多く頁を費やして二十頁に及ぶ「詩　小林裕貴集」があった。若き日のご自身の作品群なのだという。この詩群もまた埋もれていたのであり、そのような存在への邂逅の不思議さを思わずにはいられない。本詩集にはそのなかから「雪の記憶」と「河口にて」を収録しているが、序詩として掲げられている若き日の次の詩篇は、すでに小林功氏の資質をよく伝えており、詩人の誕生を告げる貴重な記録としてここに再掲する。

ひゅうひゅうたる風の上の雲
光るあの雲はたしかに春の雲
海から吹き上げる風の匂い
冷たく肌を刺すがやはり
春の風
冬と春が混然と往来する
波立ち騒ぐ日本海
砂丘をひた走る荒白波
騒然たる海面のかなたに光るもの
ああ春の光だ

近きものやがて訪れる
冬は去り春が風の向こうから
穏やかにやってくる
雲間よりこぼれる太陽
海の色が一瞬変貌し
微妙に春の響きを奏でる
混沌の中から
厳かに展けゆく自然の息吹
この計り知れない神秘の世界に
私は限りない躍動をみる

〈風〉〈雲〉〈光〉〈海〉〈日本海〉〈砂丘〉〈荒白波〉〈太陽〉——目に触れる印象的な具象をあげてみた。これらの語句は、本詩集にも頻出する。心しておかねばならぬことは、これらが言葉としてある以上に、言葉を差し出す者の心象が言の葉に乗り移っていることである。〈ひゅうひゅうたる〉〈混然と〉〈騒然たる〉——これらの修飾語句がそれを証明している。そして、具象は季節を経る。〈冬〉〈春〉——表層に現れてはいないが、夏と秋もまた深層において経巡っている。さらには、〈息吹〉〈神秘〉

〈躍動〉――これらの抽象語がこの詩人の心象を顕わすにいたる。とりわけ、雲が光り、海風が肌を刺し、白波が砂丘を走る光景は、モーショングラフィックスのように鮮やかに読み手の眼を射る。さらには、〈冬と春が混然と往来する〉のだという。すなわち、時空を超えて躍動する自然のなかに吟遊詩人が佇んでおり、読み手に差し出されるのは言の葉を媒介にする自然の躍動と神秘である。画家の誕生はここに約束されており、併せて詩人の誕生を読み取ることができる。と同時に、傑作連詩「月山の風」へと連結する世界の萌芽がここに認められる。

「自然」という語をこれまで何不自由なく無造作に用いてきたが、実は「自然」は「じねん」とも読み「自ずから然り」の意でもある。関連して、『老子』の説く「無為自然」は今でも眩しい。第二十五章には〈人法地。地法天。天法道。道法自然。〉とある。――〈人は地に法《のっと》り、地は天に法り、天は道に法り、道は自然に法る〈福永光司訳〉〉。則《のり》として従う規範がここに簡明に示されている。その序列は「人→大地→天→道→自然」であり、その逆ではない。英単語 nature の翻訳語としてあてられた「自然」は、手が加えられていない地球環境を指し示す語として現代人の脳裡に定着した感があるが、実は語義はそれにとどまらない。忘れてはならぬ重要な語義とは、抽象概念でありその哲理のほうである。小林功氏の精神世界においても「自然」という名辞は独自の語義を秘めているはずである。

散歩の歩む「道」がどのようなものであるかを、他者はむろん自己ですら悟ることはないのかもしれない。しかし、画家であり詩人である小林功氏が老子が示唆する「道」を志向しているように思われるのは、散歩が何事も成さぬかのように見えて、その実、すべてを成しているように思えるからである。

絵画に触れ詩篇に触れ、鑑賞者はみなそれぞれに小林功ワールドを読み取っていくはずである。それでいい。確かなことは、自然に触れその交歓から摂理を悟り、自己という存在のありようを見つめる眼が常に小林功氏の精神世界に秘められていることである。絵画と詩篇は自然讃歌となり、そのポリフォニーから響いてくるのは、人間存在への愛であるように思われる。〈凧になれ　光となれ〉——その祈願と志向性に、美が顕現している。

あとがき

〝美〟こそすべての芸術に共通する最後の命題であり、人間には芸術が必要不可欠です。そして、生活も芸術です。五感（視・聴・嗅・味・蝕）は日々の生活で離れることのできない感覚ですが、美術はさらにその領域を超えて、悲しみ・希望・情熱・未来・宇宙まで表現します。

〝美〟は真理の追究に向って崇高な魂を表現する作家の生き方を映し出します。作家は作品の制作にあたっては、自分の心の表現であることを自覚し、畏れを感じなければなりません。そして、根底には愛がなければなりません。〝美〟の絵画的な追求に加えて詩的叙情性にまで高められた自然の息吹が、人々の感動を呼ぶと考えます。

現場主義の私はいつも自然から生気を頂き、自分が高められていくのを感じます。と同時に、何か響いてくるもの、それは音（シンフォニー）の気配であり、形を超えた無限大のメッセージと言えるものです。まさしく自然はすべての芸術を包含し、壁をつくることなく心を癒し、生き方を導き啓示を与えつづけてくれるいのちそのものです。

芸術は自然とともにあります。ジャンルを超えて調和する自然の心の表現こそ私の絵画世界です。今、特に心していることは、"空気"です。感じたものを描く、心で描く、そして描く対象の空気を描くこと。この流れて止まない響くいのちとそれを取り巻く眼に見えない"余白"、すなわち"空"の世界を描きたいと考えております。

人を愛し、自然を愛し、永遠なるものを追い求めつつ芸術を愛していきたいものです。私はいつも自然に生かされ生きてきました。小・中学生のころから変わらず、朝の毎日の散歩は六十年にもなります。どんなことがあっても自然の浄化力は無類です。四季折々の自然との交流から絵画の創作に結実した機会が多いのですが、それに劣らず詩に結晶したものが多いように思います。常に希望と勇気を自然からいただき、自然と対峙し、語り合い、癒やされてきました。


昭和51年8月発行の『星が　流れる』第1号（鶴岡市詩歌同好会「わらびの会」）をスタートとして、昭和62年『文芸酒田』（発行人／伊藤浩一）の創刊に加わり平成15年の終刊6号まで共に活動させていただき、平成17年には詩誌『樹氷』（発行人／伊淵大三郎）同人となって平成31年の終刊34号まで詩やエッセイを発表してきました。また、地元鶴岡市で発刊されている『らくがき』（発行人／畠山弘・小林達夫）にも、平成22年から詩などを発表し、現在に至っております。

　詩を発表してから早四十四年が経ちます。記憶が風のごとく通り過ぎ、また新しい風が吹いてとどまることがありません。ここらで一区切り付けたいと一念発起し、初の詩集としたところです。振り返れば、独り自然を観照し、身を浸しながら、日々感動した心の記録であろうかと思います。

　この詩集を刊行するにあたり、多くの方々の激励とお力添えに与りました。とりわけ、地元の詩人・万里小路譲氏には編集などのご援助に与りました。また、コールサック社の鈴木比佐雄代表には刊行に際し、たいへんお世話になりました。厚く感謝申し上げます。

令和二年初秋　　　　　　　　　　　　　　　　小林　功

著者略歴

小林　功（こばやし　いさお）

昭和12（1937）年8月30日、山形県東田川郡大和村（現・庄内町）生まれ。

山形県経済農業協同組合連合会職員として40年間勤務。

「日本美術家連盟」会員。「日洋会」委員、「山形県美術連盟」名誉会員、山形「県美展」委嘱、「白甕社」委員長。

「日本歌人クラブ」会員、「山形県歌人クラブ」会員、「黄鶏」会員、「庄内五行歌会」会長、「山形県詩人会」会員。

絵画創作、俳句・短歌・詩創作等の芸術文化活動を実践。障がい者支援など生涯教育活動に携わる。

現住所　〒九九九 - 七六八三　山形県鶴岡市渡前字中道一二

石炭袋

小林功詩集『月山の風』

2020年11月28日初版発行
著　者　小林　功
編　集　万里小路譲
発行者　鈴木比佐雄
発行所　株式会社 コールサック社
〒173-0004　東京都板橋区板橋2-63-4-209
電話 03-5944-3258　FAX 03-5944-3238
suzuki@coal-sack.com　http://www.coal-sack.com
郵便振替　00180-4-741802
印刷管理　（株）コールサック社　制作部

装画・イラスト　小林功　　　装幀　松本菜央

落丁本・乱丁本はお取り替えいたします。
ISBN978-4-86435-467-7　C1092　￥2000E